Olívia em
A RECEITA
CB006662

escrito por
Izabel Aleixo

ilustrado por
Eduardo de Amorim Nunes

Grafia atualizada pelo Novo Acordo Ortográfico da Língua Portuguesa.

Preparação
Lina Rosa

Revisão
Clara Diament

Diagramação
Filigrana

Dados Internacionais de Catalogação na Publicação (CIP)
Câmara Brasileira do Livro, SP, Brasil

Aleixo, Izabel
A receita / Izabel Aleixo ; [ilustrações Eduardo de Amorim Nunes]. – Rio de Janeiro: Ed. da Autora, 2020. – ("Olívia em"; 1)

ISBN 978-65-00-04417-1

1. Família – Literatura infantojuvenil 2. Literatura infantojuvenil I. Nunes, Eduardo de Amorim. II. Título. III. Série.

20-37890 CDD-028.5

Índices para catálogo sistemático:
1. Literatura infantil 028.5
2. Literatura infantojuvenil 028.5

Para Luiz.
E para Leila.

A mãe e o pai já tinham conversado com ela.

De agora em diante, Olívia teria duas casas e ficaria metade da semana numa delas, metade na outra. O que significava metade do mês numa, metade na outra. Ou seja, metade do ano numa, metade na outra.

E por aí vai.

Do alto de seus oito anos, Olívia não entendeu aquilo muito bem. Ei, peraí! Os pais não viviam reclamando que tudo era muito caro, que o dinheiro não dava pra nada?!

Fez as contas de cabeça rapidamente (ela era muito boa em fazer contas) e viu que as despesas iriam aumentar. E não era preciso ser um gênio da matemática para perceber isso.

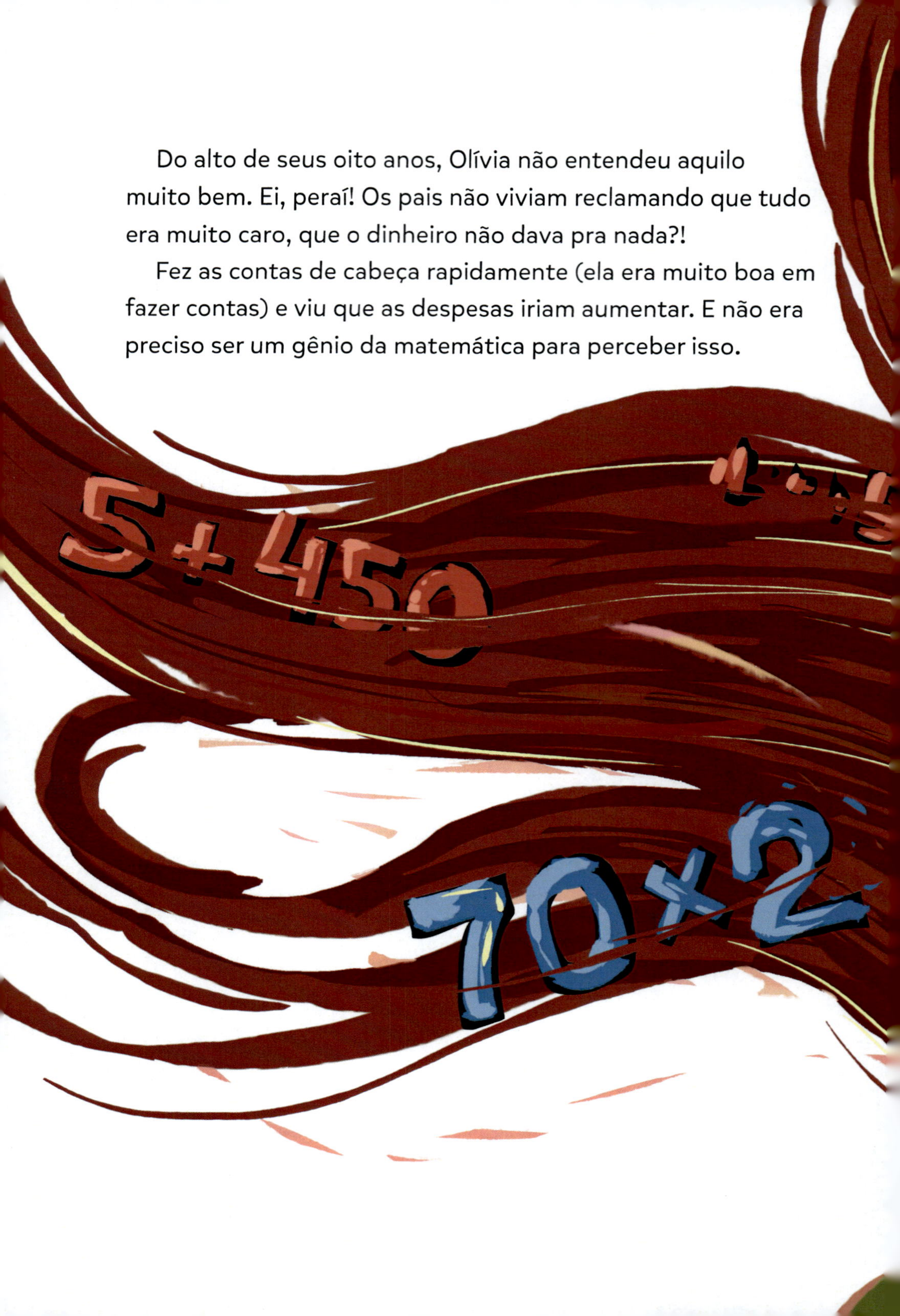

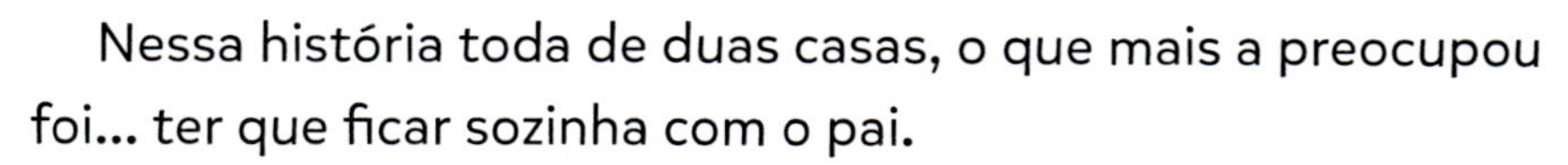

Nessa história toda de duas casas, o que mais a preocupou foi... ter que ficar sozinha com o pai.

Olívia não conhecia o pai muito bem.

Isso pode parecer um pouco estranho, afinal eles sempre moraram na mesma casa, desde que ela nasceu. Mas... era verdade.

Em todos os seus oito anos de vida bem vividos, poucas vezes tinha conversado ou ficado a sós com o pai.

A mãe, não. A mãe, ela conhecia muito bem. Já haviam conversado sobre muitas coisas:

Mãe, por que é que a manga, fruta, e a manga, da camisa, têm o mesmo nome?

Mãe, por que é que a gente sua quando corre?

Mãe, por onde é que um bebê sai da barriga da mãe dele?

Já com o pai tinha sido sempre mais ou menos assim:
Deixa eu amarrar o seu tênis, Olívia, você vai tropeçar.
Olívia, acabe logo com isso, a comida já está fria!
Já para a cama, Olívia.

Nenhum desses assuntos rendia mais do que um Tá bom ou Calma, ou Agora não! E isso não chegava a ser uma conversa de verdade.

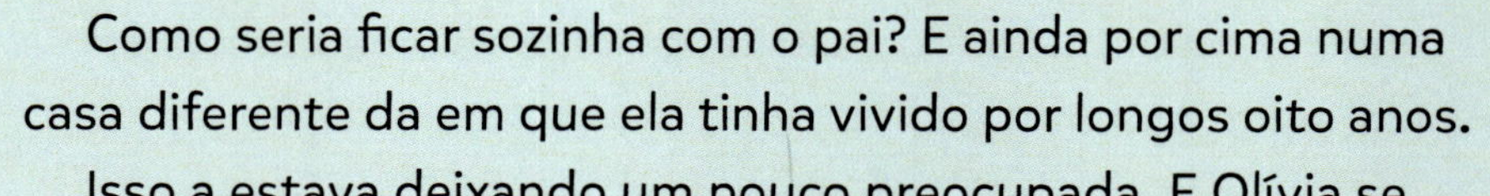

Como seria ficar sozinha com o pai? E ainda por cima numa casa diferente da em que ela tinha vivido por longos oito anos.

Isso a estava deixando um pouco preocupada. E Olívia se olhava no espelho a toda hora, procurando pelas tais rugas de preocupação de que tinha ouvido falar. Chegou a encontrar uma aqui e outra ali.

Olívia suspirou fundo e correu pelo pátio da escola. Deu uma, duas, três voltas.

E depois subiu no trepa-trepa, até lá no alto. E tornou a descer, uma, duas, três vezes.

10

Depois se balançou no balanço por quase dez minutos.

E jogou futebol com os meninos. Chutou duas vezes de fora da área, bateu três escanteios, roubou quatro bolas no meio de campo, mas não conseguiu marcar um gol dessa vez.

Já estava tudo combinado. Naquela tarde, depois da aula, iria direto para a casa do pai.

Quando entrou no ônibus escolar, foi correndo perguntar a seu João, o motorista, se ele sabia onde a casa do pai dela ficava. E seu João sorriu como sempre e disse que sabia sim, que ela não precisava se preocupar.

E Olívia parou de se preocupar por alguns instantes, ufa!, já não era sem tempo, ela precisava mesmo descansar um pouco.

Ela gostava muito de seu João, e o sorriso dele a deixava com vontade de sorrir também. Eles até tinham feito um trato: seu João iria ensinar Olívia a dirigir quando ela crescesse.

Olívia foi se sentar numa das janelinhas do ônibus, e ficou imaginando como seria ser grande (maior, claro, grande ela já era) e aprender a dirigir com seu João.

Durante a viagem, Luís Eduardo quis brincar de contar carros azuis, mas ela não estava com vontade.

Carmem veio lhe contar o mais novo segredo supersecreto da vida dela, e Olívia se distraiu e não ouviu nada direito e Carmem ficou chateada e não quis lhe contar tudo de novo, o que será que era?

Flávio puxou uma de suas maria-chiquinhas e Olívia deu um soco nele, e o inspetor a fez se sentar no banco da frente, longe da janela, de castigo por dar um soco no amigo. Olívia ficou de cara amarrada o resto da viagem.

Tinha sido um soquinho de nada!! Até porque ela gostava um pouco mais do Flávio do que dos outros amigos.

De repente ouviu seu João chamando o nome dela. Chegaram. Olívia olhou pela janela antes de descer. Um prédio como outro qualquer.

Mas lá estava o pai esperando por ela do lado de fora da portaria. Ficou tão atrapalhada que até esqueceu de dar tchau para o seu João.

Olívia e o pai trocaram algumas palavras.

– Como foi a escola? – perguntou ele.

– Bem – respondeu ela.

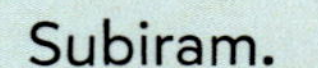

Subiram.

O pai mostrou a casa nova a Olívia. No quarto dela só havia uma cama (sem graça), um armário já com algumas das suas roupas (Olívia e a mãe tinham separado tudo, meio a meio) e um abajur no chão bem perto da janela.

Já estava quase de noite. Hora de banho e jantar. E foi assim que tudo aconteceu. A água estava quente demais (Olívia só gostava mesmo era de banho frio). O jantar era sopa de legumes (e Olívia só tomava sopa quando estava doente, eu, hein!).

Depois cada um ficou na sua. Olívia assistiu a vários desenhos na televisão (mesmo sabendo que a mãe só deixava ela assistir a um só).

E o pai ficou trabalhando no computador, muito sério. Parecia um pouco triste, mas, pensando bem, Olívia nunca tinha visto o pai muito feliz.

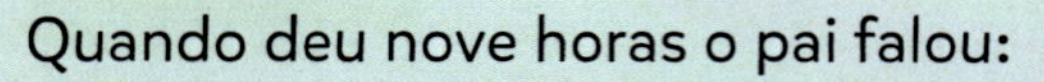

Quando deu nove horas o pai falou:
– Hora de escovar os dentes e ir para a cama.

Não, não era assim, não. Nas sextas-feiras, ela podia ficar acordada até as dez. Isso era na casa da mãe. Na casa dele, disse o pai, ela deitaria sempre às nove, porque ele *sempre* tinha muito trabalho para fazer.

– Não quero.

– Não tem que querer.

– Não vou escovar os dentes.

– Vai ficar banguela, problema seu. Você já está bem crescidinha para saber o que quer para você.

– Estou com fome.

– ...

– Eu... estou... com... fome.

– Quer um copo de leite?

– Não gosto de leite.

– Quer um sanduíche?

– Pode ser um queijo quente?

– Só tem pão, manteiga e presunto.

– Eu não gosto de presunto.

– Vamos até a cozinha e você escolhe o que quer comer, pode ser?

Foram. Olívia, com uma vontade repentina de deixar o pai muito zangado. Ela não sabia bem por quê.

Ele abriu a geladeira.
– Iogurte?
– Irgh!
– Maçã?
– Muito dura.

Ele abriu os armários.

– Biscoito?

– Tem aquele de goiaba que a mamãe compra na feira?

– Só de chocolate.

– Não gosto.

– Conversa!

Ficaram se olhando por algum tempo. Olívia reparou bem em tudo na cozinha. Só para pedir uma coisa que ela sabia que não ia ter.

– Já sei! Quero bolo.

– Bolo?! Bolo... não tem.

– Mas eu quero!

E já estava pronta para abrir o maior berreiro, porque, mesmo já com os seus oito anos recém-completados, às vezes ela fazia pirraça como uma criancinha de três. Foi quando o pai a surpreendeu.

– Então… a gente bem que podia fazer um bolo juntos?

A voz do pai ficou tão doce de repente que ela engoliu o choro.

– A gente?! Nós dois?! E você sabe fazer bolo?

– Sei. E um bolo muito gostoso. Que tal?

– Que bolo que é?

– Bolo de aipim com coco.

– Nunca ouvi falar.

– E você acha que já ouviu falar de tudo nessa vida?! – o pai riu.

– Mas eu não tenho que ir para a cama? – perguntou Olívia, com uma certa vontade de dizer que não queria fazer bolo nenhum, só porque o pai tinha rido.

– Humm… Se você me ajudar a fazer o bolo, pode ficar acordada até mais tarde.

Olívia ficou meio desconfiada daquela história, mas foi se sentar à mesa da cozinha, enquanto o pai pegava os ingredientes e os utensílios necessários para fazerem o bolo.

Começaram.

O pai descascou e os dois ralaram juntos um quilo de aipim (aipim que não acabava mais!) e um coco. Deu o maior trabalho, e Olívia ralou um pouquinho de um dos dedos também, mas o pai nem se preocupou muito e falou: quando casar, sara.

Depois pegaram uma batedeira e misturaram bem cem gramas de manteiga, trezentos gramas de açúcar e quatro ovos inteiros.

E o pai falou:

– Antigamente, quando eu e minha mãe fazíamos esse bolo, batíamos tudo isso com a colher de pau mesmo.

E Olívia se admirou porque era a primeira vez, em todos os seus oito anos de existência, que o pai falava da mãe dele, avó dela.

Olívia ficou com vontade de saber mais sobre essa avó que ela não conhecia, mas deixou para perguntar isso para a mãe depois.

Então eles juntaram o aipim e o coco ralados, e acrescentaram 250 ml de leite, uma pitada de sal (para realçar o açúcar, o pai falou, e Olívia achou aquilo estranho) e três gotinhas de baunilha. Bateram tudo mais um pouquinho.

Depois despejaram a mistura numa fôrma de bolo untada com manteiga (Olívia que untou) e polvilhada com farinha (o pai que polvilhou) e colocaram no forno médio, isto é, não muito, muito quente.

O bolo ficaria pronto dali a uns 35 minutos. Tinha que ficar dourado brilhante por cima. E quando a gente espetasse um palito nele, o palito tinha que sair bem sequinho.

— E a gente faz o quê até lá? — perguntou Olívia.

— Vamos lavar a louça!

Olívia adorava esfregar a esponja até fazer muita espuma. Num instante, a louça estava toda lavada.

– E agora?

– Vamos fazer um café para comer com o bolo?

– Posso tomar café também? Eu já tenho oito anos!

– A gente mistura um pouquinho de água numa xicarazinha bem pequena. Afinal, você *só* tem oito anos...

O cheiro do café tomou conta da casa.

– Já está na hora de tirar o bolo do forno?

– Ainda não.

– O tempo custa a passar, não é?!

O pai riu de novo.

– É assim mesmo na sua idade.

– Mas às vezes passa rapidinho também, tá?! – respondeu Olívia, de novo só porque o pai tinha rido.

Que coisa essa menina tem que ninguém pode rir do que ela fala!

E os dois decidiram ver televisão juntos para esperar. O pai perguntou se Olívia queria ver um desenho, mas ela preferiu assistir a um torneio de natação que estava passando num dos canais. Ouviram o tiro da largada, viram o pulo dos atletas na água, as braçadas ágeis, sempre no mesmo ritmo, as pernas levantando a água da piscina com força... E aconteceu que eles adormeceram juntos, Olívia com o rostinho encostado no braço do pai, e o pai com a cabeça apoiada na cabeça de Olívia, e os dois com as pernas apoiadas na mesa de centro da sala.

De repente Olívia acordou e sentiu um cheiro bom.

– Pai!... O bolo!

O pai levou um susto e levantou num salto.

– Iih!!

Em vez de um dourado brilhante, a parte de cima do bolo estava marrom escura.

O pai abriu o forno e tirou a fôrma lá de dentro.

E agora? Tanto esforço para nada. Olívia ficou com vontade de chorar.

– Vamos esperar esfriar, talvez ainda dê para aproveitar alguma coisa.

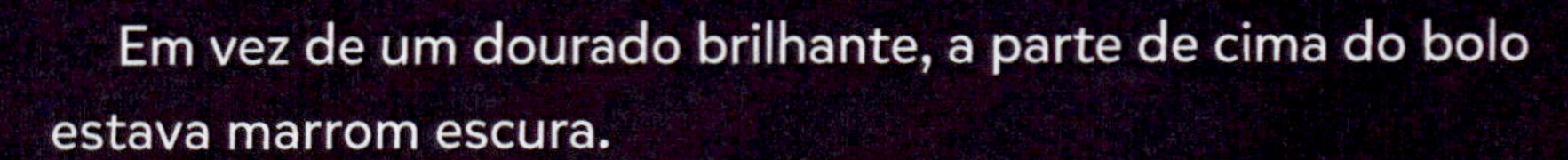

Enquanto esperavam o bolo esfriar, o pai levou Olívia até o quarto e a ajudou a colocar o pijama. Olívia não entendeu por quê, afinal de contas, ela faria nove anos dali a menos de um ano, mas resolveu não reclamar.

Depois o pai penteou os cabelos dela (cheios de nós) com todo o carinho e cuidado.

– Pai, quando as pessoas ficam velhinhas e morrem, elas vão para onde?

– Sei lá, Olívia.

– Chuta...

– Deixa eu ver... Elas viram luz e vão para o espaço sideral, Olívia.

– Espaço sideral?! Uau! Gostei.

Essa, sim, tinha sido uma conversa de verdade.

Os dois voltaram para a cozinha. O pai desenformou e colocou o bolo num prato raso grande. Estava de dar dó.

Depois serviu o café. A xícara de Olívia era tão pequena, mas tão pequena, que se ela não prestasse bem atenção nem ia sentir o gosto do café. O pai cortou uma fatia do bolo para cada um. A crosta do bolo estava meio dura e a fatia fez barulho quando o pai a colocou no prato de Olívia.

– Vamos experimentar?

– Que jeito, né? – implicou Olívia.

– Coragem, homens! – brincou o pai.

Olívia sorriu.

E foi a maior surpresa. Apesar de meio (muito) feio por fora, o bolo estava... uma delícia!, bem macio e molhadinho por dentro. E aquela mistura, aipim com coco, de que Olívia nunca tinha ouvido falar, era de dar água na boca.

– Acho que bolo de aipim com coco é o meu bolo preferido, pai.

Os dois beberam todo o café e rasparam os pratos. Comeram até o último pedacinho da casquinha marrom escura, meio dura.

– Engraçado isso, né, pai?!

– O quê, Olívia?

– Meio feio e duro por fora, macio e delicioso por dentro.

O pai riu (iiiih!, estava indo tão bem...).

– Às vezes é assim mesmo, Olívia. Quando você crescer, vai entender melhor.

Entender o quê?, pensou Olívia, mas a essa altura ela já estava com muito, muito sono.

– Hora de ir para a cama – falou o pai.

– Posso comer mais um pedaço?

– Pode. Amanhã, no café da manhã. Agora é escovar os dentes.

– Tá bom.

Olívia escovou os dentes bem devagar. Era tão tarde que ela nem se lembrou de brincar de comercial de pasta de dentes. Depois entrou debaixo das cobertas.

— Pai, tem outro jeito de ir para o espaço sideral?

— Tem, sim. Sonhando. Boa noite.

— Boa noite, pai. Pai, você pode...

— Deixar uma luz acesa, já sei — e acendeu o abajur que ficava no chão, bem perto da janela.

A luz fraquinha deixou os olhos de Olívia um pouco mais pesados, mas ela ainda teve tempo de pensar, caramba!, e não é que o pai sabia que ela gostava de dormir com a luz acesa!

Quando acordou de manhã, Olívia olhou ao redor e se perguntou onde estava.

Ah, já sei! Na casa do papai.

Foi até a cozinha e lá estava ele, sentado, tomando café.
– Bom dia, Olívia. Dormiu bem?
Olívia balançou a cabeça, dizendo que sim.

Comeu pão com manteiga (sem presunto), tomou café com leite dessa vez (bem pouquinho leite, pai) e pediu mais um pedaço do bolo. Ainda estava delicioso, não tinha sido sonho, não.

– Pai, acho que eu sonhei que eu era fazedora de bolos.

– Confeiteira, Olívia. O nome certo é confeiteira.

– Isso, confeiteira – repetiu Olívia, para decorar bem. – E você trabalhava na minha... na minha... confeitaria?!

O pai deu uma risada. Olívia nem se importou.

– E lá a gente tinha a receita para todo tipo de bolo, mas as pessoas gostavam mais era mesmo do bolo de aipim com coco.

Silêncio.

– Me dá um abraço, Olívia – pediu o pai.

E, sem perguntar nada, Olívia deu.

A **Izabel**, que escreveu este livro, sempre gostou muito de histórias, mas, quando era da idade da Olívia, o que ela mais fazia era correr, andar de bicicleta e jogar futebol (igual à Olívia) porque sentia uma certa dificuldade de ficar sentada para ler. Mas o tempo passou, e ela aprendeu a se concentrar (um pouquinho mais). Izabel acabou indo estudar os livros e seus autores, e ficou tão fascinada com tudo o que aprendeu que mais um bom tempo teve que passar para ela saber que poderia escrever um também.

O **Eduardo**, que ilustrou este livro, sempre gostou muito de jogar videogame e mais ainda de desenhar, porque para ele o desenho era uma maneira de falar e de se aproximar das pessoas. Eduardo desenhou tanto, mas tanto, que, quando cresceu, o desenho se tornou também profissão. Ele já fez desenhos para livros, cartazes, anúncios, revistas em quadrinhos e capas de discos. Nas horas vagas, usa cadernos, telas, paredes e papéis para... desenhar um pouquinho mais.

Este livro foi composto em Mikado e editado,
pela primeira vez, em junho de 2020.

Impresso na gráfica
J.Sholna